Sabedoria Divina

O TEMPLO DOS DITADOS

BRUNO CASOTTI
pesquisa e organização

" "

Sabedoria Divina
O TEMPLO DOS DITADOS

EDITORA RECORD
RIO DE JANEIRO • SÃO PAULO
2006

CIP-BRASIL. CATALOGAÇÃO-NA-FONTE
SINDICATO NACIONAL DOS EDITORES DE LIVROS, RJ

S119   Sabedoria divina: o templo dos ditados/[organização] Bruno Casotti. –
Rio de Janeiro: Record, 2006
ISBN 85-01-07034-3

1. Religião - Citações, máximas, etc. 2. Provérbios. I. Casotti, Bruno.
II. Título: O templo dos ditados.

CDD 398.9
CDU 398.9
Copyrigth © by Bruno Casotti, 2006
Projeto gráfico: Carmen Torras / Gabinete de Artes
Ilustrações: Axel Sande

Todos os direitos reservados. Proibida a reprodução, armazenamento
ou transmissão de partes deste livro, através de quaisquer meios,
sem prévia autorização por escrito.
Direitos exclusivos desta edição reservados pela
EDITORA RECORD LTDA.
Rua Argentina 171 - 20921-380 - Rio de Janeiro, RJ - Tel.: 2585-2000

Impresso no Brasil
ISBN 85-01-07034-3
PEDIDOS PELO REEMBOLSO POSTAL
Caixa Postal 23.052 - Rio de Janeiro, RJ - 20922-970

Impresso no Brasil 2006

A todos os amigos e amigas que direta ou indiretamente participam desse projeto.

Sabedoria Divina

Se alguém ainda duvida de Sua onipresença, eis uma boa oportunidade para constatar que, pelo menos no imaginário popular, Deus está em toda parte. Seu rico universo simbólico povoa o mundo dos ditados com inúmeros ensinamentos que muitas vezes remetem a seu poder absoluto, mas nem sempre guardam uma relação de fidelidade à prática religiosa. A crítica ao comportamento humano é às vezes mordaz, embora sejam inúmeras as lições de vida calcadas na fé e no respeito ao Todo-Poderoso.

Sabedoria divina passeia pelo universo religioso com certa irreverência. O diabo é um personagem freqüente, seja em contraponto com Deus ou explicando o errante comportamento humano, ou ainda como algo com que se deve ter cuidado. São comuns também as lições que relacionam Deus, homem e mulher. E como a herança católica tem peso considerável na cultura popular, os ensinamentos extrapolam para igreja, casamento, santos e rezas. No templo dos ditados, ajoelhou tem que rezar.

O Todo-Poderoso

Sabedoria Divina

O temor do Senhor é o princípio da sabedoria.

Deus tudo pode.

Contra a morte, só Deus pode.

Tudo é força, mas só Deus é poder.

Pra Deus nada é impossível.

Só Deus é perfeito, o resto vem com defeito.

De tudo Deus se serve.

A Deus ninguém engana.

Deus não fez o mundo em um dia.

De hora em hora Deus melhora.

O futuro a Deus pertence.

Deus consente, mas não pra sempre.

Deus aperta, mas não enforca.

Sabedoria Divina

Deus ainda está onde estava.

Deus não dorme.

Deus não tem netos.

Deus é brasileiro.

A voz do povo é a voz de Deus.

O Templo dos Ditados

Quando mil pessoas dizem a mesma coisa, pode ser a voz de Deus ou uma grande besteira.

Quem não fala, Deus não ouve.

Quem não pede, Deus não ouve.

Quem não tem, Deus o mantém.

A Deus muitas graças, com Deus, pouca graça.

Deus é grande, mas o mato é maior.

Deus, que é Deus, quando veio não agradou a todo mundo.

Nem Cristo resolve isto.

Confie em Alá, mas amarre o seu camelo.

Guerra começada, só Deus sabe quando acaba.

Os desígnios de Deus são impenetráveis.

Se Deus é onipotente, o dinheiro é seu lugar-tenente.

O pouco com Deus é muito e o muito sem Deus é nada.

Com Deus adiante todo mar é chão.

Com água e com sol, Deus ainda cria.

Das telhas pra cima, só Deus e os gatos.

Deus nunca fechou uma porta que não abrisse outra.

Deus quando fecha uma porta abre dez janelas.

Se Deus te fecha a porta, não queira entrar pela janela.

Deus escreve certo por linhas tortas.

O que Deus risca, ninguém rabisca.

Deus querendo, até deserto amanhece chovendo.

Deus querendo, água fria é remédio.

Deus cura, o médico manda a conta.

Quando o doente escapa, foi Deus quem curou;
e quando morre, foi o médico que o matou.

Quem bebe vinho, vê Deus no caminho.

Ao menino e ao borracho, põe Deus a mão por baixo.

Quando Deus tira os dentes, alarga a goela.

Quando Deus tira os dentes, endurece a gengiva.

Quando Deus faz a panela, faz um testo para ela.

Quando Deus erra, o costureiro conserta.

Quando Deus fez o dinheiro redondo, foi pra ele rodar.

Segredo de dois, segredo de Deus; segredo de três, segredo de todos.

Um, dois, três, foi a conta que Deus fez.

Cada um por si, Deus por todos.

Fé em Deus e pé na tábua.

Seja o que Deus quiser.

O Templo dos Ditados

Deus dá o frio conforme o cobertor.

Deus dá a canga conforme o pescoço.

Deus dá nozes a quem não tem dentes.

Deus dá, Deus tira.

Deus o deu, Deus o levou.

A sorte quem dá é Deus.

A cada dia, Deus dá dor e alegria.

Pra tudo Deus dá jeito.

Deus dá a farinha mas não amassa o pão.

Deus não dá asa a cobra, e quando dá tira o veneno.

Deus nunca dá o fardo mais pesado do que você pode carregar.

Deus me dê paciência e um pano para a embrulhar.

Deus te dê saúde e gozo, e casa com quintal e poço.

Deus te dê fortuna, filho, que o saber pouco te vale.

Quem dá aos pobres empresta a Deus.

Gasta e dá, Deus mandará.

Ao faminto, dá alimento, que Deus te dará sustento.

A esmola não empobrece, mas para o céu enriquece.

Esmola mal dada, para Deus não vale nada.

Quem dá esmola a pobre guarda dinheiro no céu.

A caridade abre as portas do céu.

Com paciência se ganha o céu.

Engana-se quem pensa que o céu é perto.

Deus ajuda a quem cedo madruga.

Deus ajuda a quem se ajuda.

Mais vale quem Deus ajuda do que quem cedo madruga.

Deus ajuda a quem trabalha, e essa regra nunca falha.

Mais pode Deus ajudar do que velar e madrugar.

Que Deus o ajude e a mim não desampare.

Trabalhemos e roguemos, que Deus fará com que alcancemos.

Deus, o Homem e a Mulher

Sabedoria Divina

Deus faz o que quer, e o homem o que pode.

Quem teme a Deus não teme os homens.

Deus quer, o homem pensa e a obra nasce.

O homem propõe e Deus dispõe.

O homem põe e Deus dispõe.

O homem faz e Deus desfaz.

O homem pensa enquanto Deus ri.

O homem faz o caminho, mas Deus conduz os seus passos.

Os homens ensinam a temer a Deus; a natureza, a amá-lo e admirá-lo.

Deus julga o que conhece; o homem, o que não conhece.

O poder de Deus é maior que a justiça dos homens.

A razão é dos homens, mas a justiça é de Deus.

Pra que um olho não invejasse o outro, Deus pôs o nariz no meio.

Se Deus o marcou, defeito lhe achou.

O mundo nos vê, Deus é que nos conhece, ninguém é o que parece.

Se o mundo fosse bom, o dono morava nele.

Deus criou o homem antes da mulher pra não ouvir palpite.

Deus fez primeiro o homem porque toda obra-prima precisa de rascunho.

Se Deus fez coisa melhor que mulher, deixou no céu.

Deus não podia estar em todos os lugares, então criou as mães.

À mulher casta, Deus lhe basta.

O que quer a mulher, Deus quer.

Da mulher que nos olha de soslaio, livre-nos Deus como do raio.

De mulher de igreja, Deus nos proteja.

Deus me defenda dos amigos, que dos inimigos me defendo eu.

Deus nos livre da praga do mau vizinho e da cobra que se esconde na poeira do caminho.

Parente e vizinho, os que Deus nos dá.

A quem Deus não deu filhos, deu o diabo sobrinhos.

O Anjo Mau

Sabedoria Divina

Falou no diabo, aparece o rabo.

Quem fala do diabo, acaba vendo.

Pra encontrar o diabo não precisa madrugar.

O diabo não é tão feio como se pinta.

O diabo tem uma capa que cobre e outra que descobre.

O diabo, quando não aparece, manda o secretário.

Quando toma corpo o diabo, se disfarça de advogado.

Com o diabo não se brinca.

Se o diabo sabe muito, é porque é velho.

Mais sabe o diabo por ser velho do que por ser diabo.

O diabo depois de velho vira ermitão.

Não se pode agradar a Deus e ao diabo.

Não se pode servir a Deus e ao diabo ao mesmo tempo.

Não acenda uma vela para Deus e outra para o diabo.

 Mais vale um pão com Deus do que dois com o diabo.

Mais tem Deus pra dar do que o diabo pra tirar.

O que Deus dá, o diabo não tira.

O que o diabo dá, o diabo volta a levar.

Deus dá a farinha e o diabo fura o saco.

Deus criou, o vento espalhou e o diabo juntou.

Quando o diabo rezar, é porque quer te enganar.

O que Deus não quer, o diabo não enjeita.

Bom com Deus, bem com o diabo.

Deus vê o que o diabo esconde.

Segredo de três, o diabo o fez.

Aonde Deus não vai, o diabo é rei.

Quem é burro neste mundo, não há santo a que se apegue; peça logo a Deus que o mate e ao diabo que o carregue.

Na arca do avarento, o diabo dorme dentro.

Quem deve a Deus paga ao diabo com juros.

Quando o pobre dá ao rico, o diabo ri.

Dizem que o dinheiro é coisa do diabo, mas se quiser ver o diabo, ande sem dinheiro.

A gente trabalha para Deus, para si e para o diabo.

Nós pelo alheio e o diabo pelo nosso.

As contas na mão e o diabo no coração.

A cruz na boca e o diabo no coração.

A cruz nos peitos e o diabo nos feitos.

Atrás da cruz se esconde o diabo.

Para jantar com o diabo é preciso uma colher comprida.

Nem sempre o diabo está atrás da porta.

Quem com o demônio cava a vinha, com o demônio vindima.

Cada um na sua casa e o diabo não tem o que fazer.

A mente vazia é a oficina do diabo.

De boas intenções o inferno está cheio.

O inferno é a fuga da razão.

Quem dá e volta a tirar, no inferno vai parar.

Pai não tiveste, mãe não temeste, diabo te fizeste.

Quem tem padrinho rico não morre pagão.

Madrasta, o diabo arrasta.

Não se manda sogra ao inferno por pena do diabo.

A velha a esticar, o diabo a enrugar.

O que a mulher quer, nem o diabo dá jeito.

O que o diabo não pode, a mulher faz.

Ao diabo e à mulher nunca falta o que fazer.

Com mulher de bigode, nem o diabo pode.

Mulher de cabelo na venta, nem o diabo agüenta.

Homem com fala de mulher, nem o diabo quer.

Tentei enganar o diabo, ele nem percebeu;
fui enganar a mulher e o enganado fui eu.

Na mulher do outro, o diabo está solto.

O homem é o fogo, a mulher é a palha, vem o diabo e sopra.

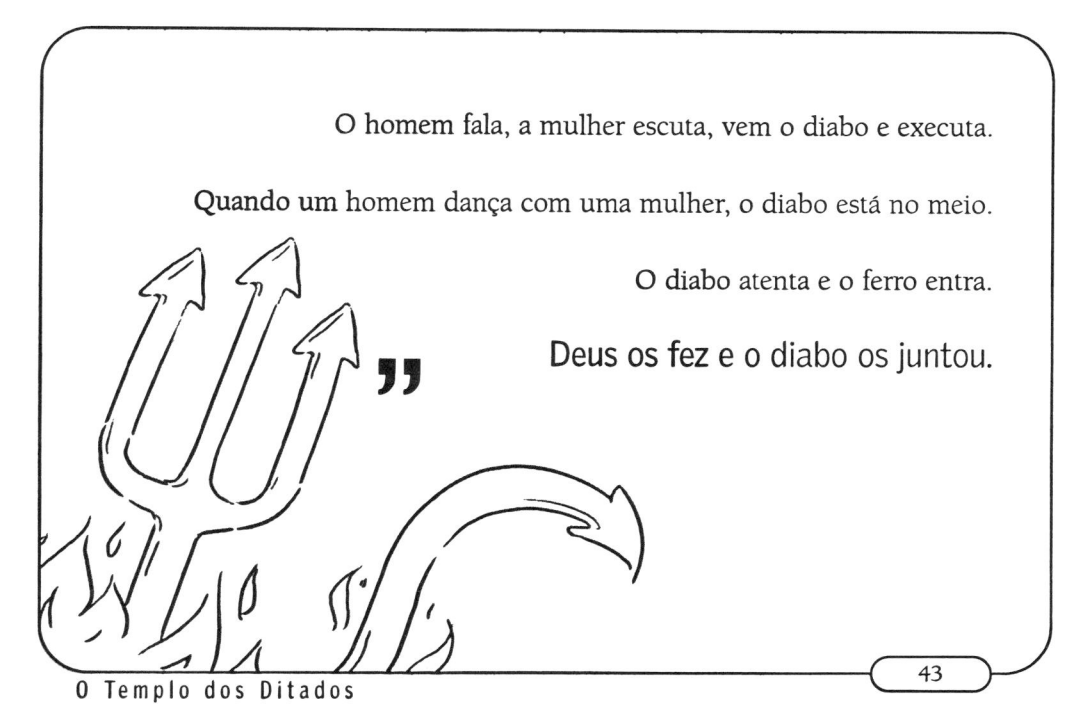

O homem fala, a mulher escuta, vem o diabo e executa.

Quando um homem dança com uma mulher, o diabo está no meio.

O diabo atenta e o ferro entra.

Deus os fez e o diabo os juntou.

O Templo dos Ditados

Até que a Morte os Separe

Sabedoria Divina

O que Deus uniu o homem não separa.

Antes que cases, vê o que fazes.

Casa-te e verás: perdes o sono e mal dormirás.

Se casamento fosse bom, não precisava de testemunhas.

Quem casa muito prontamente, arrepende-se muito longamente.

Quem longe vai casar, ou vai enganado ou vai enganar.

Quem casa, não pensa; quem pensa, não casa.

Quem casa quer casa longe da casa onde casa.

Quem se casa com o ideal acorda ao lado do real.

Casamento se desmancha até na porta da igreja.

A ir à guerra e a casar, não se deve aconselhar.

Mal por mal, antes na capela do que no hospital.

Se queres formar um bom casal, casa-te com teu igual.

Quem acerta no casar, nada lhe falta acertar.

Casa-te primeiro, que o amor vem derradeiro.

Casamento de imposição tem pouca duração.

Casamento sem amor leva a amor sem casamento.

Casarás com quem quiseres,
contanto que seja com o primo Manuel.

A mulher chora antes do casamento; o homem, depois.

Namoro é isca, casamento é anzol.

Casarás e amansarás.

Casamento, apartamento.

Casamento é loteria.

Casamento e mortalha, no céu se talha.

Casamento é o fim das criancices e o começo da criançada.

Casamento é assim: para uns o começo, para outros o fim.

Não há casamento pobre, nem mortalha rica.

Não há morte sem pranto, nem casamento sem canto.

Contrato de casamento leva consigo o testamento.

Amigado com fé, casado é.

Velho casado com nova, ou corno ou cova.

Case com a viúva antes que ela deixe o luto.

Sol com chuva, casamento de viúva.

Chuva com sol, casamento de espanhol.

Chuva com vento, casamento de ciumento.

Casamento chuvoso, casamento venturoso.

Boda molhada, boda abençoada.

Casou, mudou e não te convidou.

Noivado demorado, noivado desmanchado.

O noivo vai a cavalo e o arrependimento na garupa.

Saiba, noiva, por seguro, que todo noivo é um traidor futuro.

Case o filho quando quiseres, e a filha quando puderes.

Quem casa filha, depenado fica.

Mãe, o que é casar? Filha, é fiar, parir e chorar.

Baixa, noiva, a cabeça, se queres entrar na igreja.

Depois da noiva casada não lhe faltam pretendentes.

A boda e o batizado, não vá sem ser convidado.

Na boda dos pobres, são mais as vozes que as nozes.

Para o mundo não acabar, não há remédio senão casar.

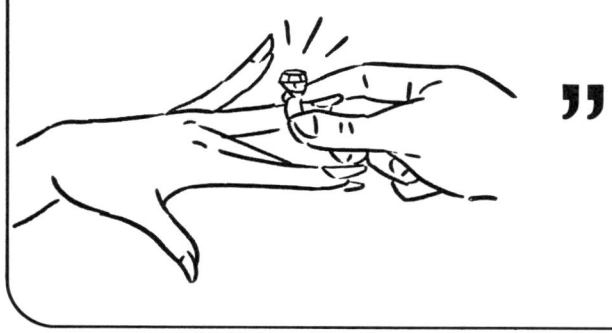

A Igreja e sua Gente

54

Sabedoria Divina

Missa se espera na igreja.

Perto da igreja, longe de Deus.

A preguiça não vai à missa.

Velas demais queimam o altar.

Ouvir missa não gasta tempo, dar esmola não empobrece.

Não há domingo sem missa nem segunda-feira sem preguiça.

O sino toca para a missa mas não vai a ela.

Não se pode tocar o sino e acompanhar a procissão.

Não se pode levar o sino e carregar o andor.

Por morrer o sacristão, o sino não se cala, não.

O sacristão sabe que o santo é de pau.

Mau capelão, pior sacristão.

O hábito não faz o monge, mas faz que pareça, de longe.

O frade onde canta, janta.

Responde o abade como canta o frade.

A ordem é rica e os frades são poucos.

Frade que chega tarde, perde a ração.

Frade pidão e gato ladrão estão cumprindo com a obrigação.

Bom abade, missa à tarde.

Bem prega frei Tomás, muito diz e nada faz.

Ao médico, ao advogado e ao abade, fale a verdade.

Nem rei nem papa à morte escapa.

Quem está no convento é que sabe o que lhe vai por dentro.

Feliz é irmão de freira, que entra no céu como cunhado.

Feliz foi Adão, que não teve sogra nem caminhão.

Adão vivia no paraíso porque não tinha sogra.

A inveja matou Caim.

Bom exemplo, meio sermão.

Quando tosse o prior, bom é o sermão.

Lágrimas de sermão e chuva de trovoada caem na terra e não valem nada.

Não se ensina pai-nosso a vigário.

Não se ensina padre a rezar missa.

Um olho no padre, outro na missa.

Ditado velho é evangelho.

Hábito de padre e saia de mulher chega onde quer.

O último a chegar é mulher do padre.

Rezas e Bênçãos

A amar e rezar, ninguém pode obrigar.

Quem anda no mar, aprende a rezar.

Dinheiro, carinho e reza não se despreza.

Muita reza, pouca devoção.

Se reza de cão chegasse ao céu, chovia osso.

Quanto mais se reza, mais assombração aparece.

Ajoelhou tem que rezar.

Contra a morte não há reza forte.

Quando o mal é de morte, nem médico, nem reza, nem sorte.

Antes de partir para a guerra, reze uma vez;
antes de partir para o mar, reze duas; antes de casar, reze três.

Quem não pode com mandinga não carrega patuá.

Chifre de argola não pega mandinga.

Vozes de burro não chegam ao céu.

Oração breve depressa chega ao céu.

Martelo de ouro não quebra a porta do céu.

A fé move montanhas.

Primeiro a obrigação, depois a devoção.

Bela romaria faz quem em casa fica em paz.

O que não se faz no dia da romaria, faz-se em outro dia.

Presunção e óleo bento, cada qual toma a contento.

Conselho e água benta se dá a quem pode.

As bênçãos chegam uma de cada vez,
a desgraça vem em grupo.

Deus abençoe as mulheres bonitas, e as feias se der tempo

A gente pensa que se benze e quebra as ventas.

Ame a cruz que ao céu te conduz.

Quem se mete a Cristo, morre na cruz.

Pecado e Perdão

O Templo dos Ditados

Quem não vê não peca.

Antes pecar que arder.

A noite é a capa dos pecadores.

Na arca aberta, o justo peca.

Paga o justo pelo pecador.

Aqui se faz, aqui se paga.

Impossível é Deus pecar.

Os pecados de nossos avós, fizeram eles e pagamos nós.

Ao médico, ao padre e ao advogado, confessa teu pecado.

Pecado confessado fica meio perdoado.

Enterrado, perdoado.

Errar é humano, perdoar é divino.

De onde vem a excomunhão, vem a absolvição.

De Deus se consegue o perdão, mas da natureza, não.

Não há pecado sem perdão.

Perdoai e sereis perdoado.

Quem erra e depois se emenda, a Deus se recomenda.

Quem confessa, merece perdão.

Quem confessa pela boca, paga pelo pescoço.

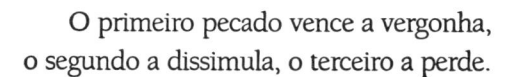

O primeiro pecado vence a vergonha,
o segundo a dissimula, o terceiro a perde.

Prudência demais, intenção de pecado.

Olhos que não vêem, olhos que não pecam.

**O que é bom, ou engorda
ou faz mal ou é pecado.**

O Templo dos Ditados

Os Santos

"   "

Sabedoria Divina

Para bom matrimônio, se pegue em Santo Antônio.

Quando Deus não ajuda, que São Brás te acuda.

Quem se aluga a São Miguel não se senta quando quer.

Segredo de São Tomé só não sabe quem não quer.

Só se lembra de Santa Bárbara quando troveja.

Tempo de São Zacarias, crescem as noites, minguam os dias.

São Mamede te levede, São Vicente te acrescente.

Guarda teu melhor tição para a noite de São João.

Em festa de São João, pouca chuva, nenhum trovão.

A sardinha de São João unta o pão.

Chuva de São João tira vinho e não dá pão.

Esmola pra São João, quem não dá fica sem mão.

Esmola pra São José, quem não dá fica sem pé.

Esmola pra São Vicente, quem não dá fica sem dente.

Dia de São Tiago, vai à vinha e acharás bago.

Dia de São Lourenço, vai à vinha e enche teu lenço.

Dia de São Martinho, vai à adega e prova o vinho.

É como São Martinho: não come nem bebe e está bem gordinho.

O que não se faz em dia de Santa Luzia, faz-se em qualquer outro dia.

Não adianta gritar por São Bento depois que a cobra já mordeu.

Fia-te na virgem, não corre e vai ver o que te acontece.

Enquanto houver cavalo, São Jorge não anda a pé.

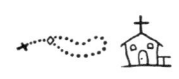

Passada a festa, se esquece o santo.

Passado o perigo, se esquece o santo.

Quem tem saúde deixa o santo sossegado.

Quando não dão os campos, não dão os santos.

Quando Deus não quer, os santos não ajudam.

Santo muito recomendado não chega à igreja.

A santo que não conheço, não rezo e nem ofereço.

Cada um pede para o seu santo.

Conforme o santo se faz a promessa.

Quem vive de promessa é santo.

Pra cada santo sua vela.

Não há ladrão sem o santo de sua devoção.

Não se deve festejar o santo antes de seu dia.

Não se deve despir um santo para vestir outro.

Patrão fora, dia santo na loja.

Hóspede em casa é dia santo.

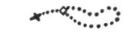

Pelos santos se beijam as pedras.

Dinheiro e santidade, a metade da metade.

Quando a esmola é grande, o santo desconfia.

Conta-se o milagre mas não se conta o santo.

Pelo milagre se conhece o santo.

Santo de casa não faz milagre.

Devagar com o andor que o santo é de barro.

Pra baixo todo santo ajuda.